KB269500

그대 없는 자리에 그리움만 자라고

그대 없는 자리에 그리움만 자라고

이상우 지음

책머리에

　여름이 가고 낙엽지는 가을이 오면 사람들은 노랗게 빨갛게 물든 단풍잎에서 풍기는 자연의 숨소리를 찾아 어디론가 떠나갑니다. 떠나야 할 곳이 있는 사람은 다 가오는 가을이 그리 외롭지만은 않을 것입니다. 만나고 헤어지는 일은 삶의 한 과정이지만 아무도 없는 혼자만의 자리가 오늘따라 더욱 쓸쓸하게 느껴집니다.

　29년이란 삶을 살아오면서 시집을 낸다는 일은 저에게 있어 여러가지 의미가 있습니다. 저는 시인도, 문필가도 아니며 또한 학식과 인품을 지닌 지성인도 아닙니다. 단지 삶을 살아오면서 마음속에 간직해 두었던 이야기를 하고 싶었습니다. 제가 만났던 사람들에 대한 추억을 남기고 싶었습니다. 제가 서 있는 세상에 대한 풍경을 그리고 싶었습니다. 치장하고 꾸미기보다 느끼는 대로 있는 그 모습 그대로 담아보고 싶었습니다. 이 책에 수록된 시는 바로 저의 모습이라고 해도 과언이 아닐 것입니다. 사랑하고 헤어졌던 사람들에 대한 기억이 때로 아픔을 주었지만 그 아픔까지 지금의 저에겐 아름다운 추억으로 남아 있습니다.

　다시 읽어보면 세상에 내놓기가 부끄러운 시들을 한 권의 책으로 만들어 주신 출판사 사장님께 진심으로 감사드립니다.

　끝으로 모든 사람들이 마음에 따스한 사랑이 가득하기를 진심으로 소망합니다.

이 상 우

제1부
소중한 사랑의 노래

제2부
한 조각 그리움의 노래

제4부
푸른 삶을 위한 노래

제1부

●

소중한 사랑의 노래

사랑

당신을 향해 노래하겠습니다
둘만의 사랑을 위해

그대와 함께 오솔길을 걷겠습니다
달콤한 입맞춤을 위해

아무도 살지 않는 곳에
그대와 함께 가겠습니다
둘만의 행복을 위해

이승에서 저승까지
오직 둘만의 사랑을 위해
빛과 그림자로 함께 하겠습니다.

나는 지금 그대에게 달려가오

흐르는 시냇물 건너
바다 위에 떠 있는 배에 몸을 싣고
출렁이는 파도에 노를 저어
그대에게 달려가오

그대 따뜻한 입술에서 풍기던
향긋한 향수에 이끌려
순풍에 돛을 달고
그대에게 달려가오

내 고향처럼 따뜻한
그대 품 속 찾아
푸른 바다 위 사공 되어
나는 지금 그대에게 달려가오

사랑 고백

말하고 싶습니다
사랑한다고

그대 마음속에 품고 있는 사랑
그대가 날 진정으로 사랑한다면
마음이 아닌 행동으로 보여주오

말하고 싶습니다
그대 없이 살 수 없다고

수많은 사람들 중에
그대를 택한 것은
어쩔 수 없는 운명이었다고
말하고 싶습니다

사랑이여 다시 한 번

사랑하는 사람이여
그대 떠난 빈자리에
찬바람이 불어옵니다

우리 사랑은
환한 등불 밝히지 못하고
슬픈 추억 남기며
빗물 같은 이별을 해야 했지만

사랑하는 사람이여
그대 떠난 허공에
흔적만 무성합니다

바람부는 갈대처럼 흔들리는 사랑의 아픔
먼 훗날 그대와 나 사이에
아름다운 사랑의 향기 피어 오르면
그대를 사랑하였노라 고백하겠습니다

지금은 비록 그대를 떠나보내야 하지만
사랑이여 다시 한 번
내게 머무르기를 기도하겠습니다

혼자만의 사랑이 깊어갑니다

오늘 하루도
거리를 서성이다 돌아옵니다
가슴 속 깊이 묻어둔 사랑의 병 안고
방황하며 돌아서 버린 못난 바보가 있습니다

사랑하는 그대 앞에 당장이라도
달려가고픈 심정 그대는 아시는지요?

진정으로 사랑한다는 그 말 한마디
하고 싶지만 용기가 나지 않아
돌아서 버린 마음이 자꾸만 안타깝습니다

안타까운 마음 사무치는 마음
깊어가는 사랑의 병 가슴에 안고
돌아서서 갑니다

그녀 향한 나의 마음 백분의 일이라도
알아주신다면 그걸로 만족하며
홀가분하게 떠날 수 있겠습니다

기도하는 마음으로

사랑하는 사람에게
꽃 한송이 바칠 수 있는
여유와 기쁨을 주시고

미워하는 사람에게
편견과 교만함을 떨쳐 버릴 수 있는
지혜의 힘을 주시고

사랑하는 사람보다
미워하는 사람에게
더 가까이 다가설 수 있는
선한 마음을 주소서

소중한 사랑

그리운 빛이 되고 싶어라
파아란 하늘에 떠 있는
구름이고 싶어라

바람에 뒹구는 낙엽이고 싶어라
어둠을 밝히는 촛불이고 싶어라

혼자 떠도는 외로움보다
바람과 함께 떠도는
소중한 사랑이고 싶어라

추운 겨울 눈 내리는 날이면
따뜻한 입술로 입맞춤하는
소중한 사랑이고 싶어라

오늘 울어도 내일은 웃는
고독한 승리자의 눈물을 닦아주는
소중한 사랑의 손수건이고 싶어라

그대를 사랑하기에

그대를 사랑하기에
아픈 추억도 아름답게 기억되는 것

그대를 사랑하기에
그대가 내 곁을 떠나 있으면
보고파 못 견디는 심정으로
그리워하며 기다리던 세월들

그대를 사랑하기에
영원히 내 곁을 떠나간
그대의 모습을
내 영혼은 아직도 쫓고 있네

죽음보다 강한 믿음으로
그대 앞에 서야 했던 까닭은
그대를 사랑하기 때문이었습니다

사계절 사랑

봄엔
꽃으로 피어나 사랑의 씨 뿌리며
작은 사랑 열매
꽃마음으로 엮어가겠습니다

여름엔
따가운 햇살이 내리 쬐는
산과 벌판에서 땀에 흠뻑 젖도록
사랑의 원 그리며 가을을 향해 가겠습니다

가을엔
장미 넝쿨 엮어 만든
사랑의 보금자리에서
둥지 치며 가을맞이 하겠습니다

겨울엔
찬바람 속에 불어오는 눈보라
첩첩이 쌓이는 눈보라 속에 스며드는
따뜻한 사랑을 맞이하겠습니다.

누군가를 만나고 싶을 때

누군가를 만나고 싶습니다
그리운 사람
사무치도록 보고픈 그 사람을

나만이 간직한 사랑
누구에게 전해 줄 사람을 만나고 싶습니다

이 세상에 살아 숨쉬고 있는 것이면 좋겠습니다
내 눈과 귀로 보고 들을 수 있는 것이면
더욱 좋겠습니다

울타리도 없고 경계선도 없고 장애물도 없고
부담이 없는 그런 소박한 사람을 만나고 싶습니다

이런 사람이 있다면 하루 이틀 아니
10년이라도 기다릴 수 있을 것 같습니다
100년을 기다려도 후회하지 않을 것 같습니다

말해주오

그대와 나누었던 정다운 시간
세월이 흘러 내 곁을 떠나간다 해도
잊지 않겠다고 말해주오

바람결에 스치는 수많은 인연 중에
그대와 맺어진 사랑
하루가 가고 일년이 간다 해도
사랑하는 마음 변치 않겠다고 말해주오

소리 없이 흘러가는 인생길에
우리 사랑의 흔적을 남기며
빛과 그림자로 함께
오솔길 걷겠다고 말해주오

사랑의 조건

우리 어렵게 만났으니
한평생 검은 머리 파뿌리 되도록
사랑하며 삽시다

우리 처음 만났던 그 감정을 가지고
삶이 다하는 그날까지 사랑하며 삽시다

우리가 사랑하는 데 있어서
무슨 조건이 필요합니까
그러나 이것만은 서로를 위해
노력하며 살아갑시다

서로에게 부족한 점이 있으면 메꿔주고
신발이 낡아 떨어지면 그대 신발 빌려주고
울적할 때면 경쾌한 음악으로 기분 풀어주고
울고 싶을 때면 따뜻한 가슴으로 어루만져주는
그런 사람이 됩시다
훈훈한 사랑의 마음으로 촉매작용하며 삽시다.

내 곁을 스치는 사람아

내 곁을 스치는 사람아
우리 눈 인사나 하고 헤어집시다

우리가 스치는 것도 인연인데
한 순간의 만남은 인연의 매듭을
풀어가는 만남의 동반

사람아
만나고 헤어지는 인연의 뒤안길에
우리가 바람처럼 한번 스쳐가면
언제 다시 만날 날 있으리오

사람아
우리가 인연이라는 말을 쉽게 하지만
인연은 사람의 인생에 있어
예고없이 다가오는 장난 같은 운명이라오

그리운 사람에게

사랑하는 사람아
그리운 사람아
바다 저멀리 수평선까지
갈매기 되어 날아가세

사랑이 흐르는 바다에
둘만의 시간을 위해
그리움 가슴에 안고
한 쌍의 비둘기 되어 날아가세

사랑하는 사람아
그리운 사람아
꽃이 피는 들판에 나비되어 날아가세

꽃향기 입에 물고
그리운 사람을 위해 날아가세

프로포즈

밀려왔다 밀려가는
파도소리 들으며 촛불 앞에
한 잔의 포도주 손에 들고서

우리 둘만의 사랑을 위해
우리 둘만의 앞날을 위해
우리 둘만의 행복을 위해
축배를 드세

사랑하는 사람아

인생의 사계절을 보내는
사람아

눈물의 꽃밭에 피어나는
꽃한송이 들고 찾아온 사랑하는 사람아

잊혀질듯 잊혀질듯
다시 떠오르는 사랑하는 사람아

그대 눈에 흐르는 눈물보다
내 마음속에 그리움 사무쳐
솟아나는 사랑하는 사람아

한도 끝도 없는 기나긴
인생길의 안내자로
아픈 가슴 어루만져주는
사랑하는 사람아

사랑의 방정식

사랑에 있어 중요한 건
양보다 질이라 합니다

사랑의 눈물을 흘려 본 사람만이
남의 눈물을 소중하게
여길 줄 아는 사람이라 합니다

사랑은 짧지만 이별은 기나긴
여정의 세월이라 합니다

서로 주고 받는 것이 사랑이라지만
서로에 대한 진실이 없으면 무의미한 것입니다

진정한 사랑이란
가진 것 남는 것 모두 다 나눠주고
하나의 길을 가는 것입니다

가을 사랑 1

사랑 바람처럼 왔다
사랑 낙엽처럼 갑니다

사랑은 잠시 머물다 가 버리는
가을 바람 같은 것

뜨거운 여름에 사랑을 맺고
낙엽지는 가을에 모래성을 쌓아
둘만의 보금자리를 꾸밉니다

가을 바람 부는 언덕에 앉아
해지는 저녁 노을을 함께 바라보는 것
그것이 가을 사랑입니다

가을 사랑 2

가을엔
다정하게 속삭이는 사랑을 하고 싶어요

가을엔
진실한 마음으로 시를 쓰는 시인이고 싶어요

가을엔
바람 따라 뒹구는 낙엽이고 싶어요

가을엔
빠알간 열매이고 싶어요
진실된 사랑으로 맺어진 열매이고 싶어요

가을 소리

가을밤에 뒹구는 낙엽
귀뚜라미 소리에 깊어가는 가을

바람에 휘날리는 낙엽 소리
사뿐히 사뿐히 귀기울이며
흔적 따라 걷는 발자국 소리

가을이면
외롭고도 쓸쓸한 마음
밤하늘에 떠 있는 별보며 외로움 삭이네

쌓이고 쌓이는 낙엽
더해 가는 혼자만의 사랑
들려오는 가을 소리에 사랑 노래 띄워 보내리

제2부

●

한 조각 그리움의 노래

한 조각 그리움

잊어야지 잊어야지 하면서도
한 조각 그리움 때문에
내 가슴의 멍울은 깊어만 갑니다

마음에 상처만 남기고 떠난 사람을
잊어야지 하면서도
한 조각 그리움 때문에 더욱 잊지 못합니다

한 조각 그리움도 세월 가면 잊혀지겠지만
지금 내 가슴에 남아 있는 한 조각 그리움은
일생 동안 보고 싶다는 말보다
더욱더 긴 사랑의 여운을 남깁니다

그리워하면서도 잊어야 한다는 것은
너무도 참기 힘든 고통입니다

그리움의 향기

해지고 그리움 지면
이별이 온다고

이별 지고 그리움 떠오르면
사랑이 찾아온다고

꽃향기 피어오르면
그리운 나비 날아온다고

그리운 꽃향기에 취해 쉬었다 가는
나그네 사랑 찾아온다고

그리움은 하나의 사랑으로 이어지는 것

가슴 설레는 그리움 품고
그대와 함께 늘 만나던 찻집에서
사랑 이야기 나누면
찻잔의 향기 속에 그리움 쌓이고 쌓여
사랑 향기 꽃내음 나네

그리움의 향수는
외로움이나 고독한 것보다
정다움을 느끼며
살아있는 생명의 사랑으로 이어지는 것

그대에 대한 그리움
꽃에 대한 그리움
보이지 않는 것에 대한 그리움
향기로운 사랑으로 인해 아름다워지는 것

그대에 대한 그립던 마음
사무치는 그리움
하나의 사랑으로 이어지는 것

그리움

지난날 사랑이 찾아오면
내 가슴에 그리움 솟아나겠지요

바람이 불면
세월이 가면
잊혀졌던 그대 모습도
그리운 추억으로 떠오르겠지요

그토록 사랑했던 지난 추억에
그대 생각나 잠못 이룬 밤
그대를 원망하며 보내겠지요

보고픈 마음으로
만나고 싶은 사람으로
영원한 나의 기억 속에
그리움 되어 남겠지요

떠오르는 그대

둥근 달처럼 떠오르는 그대
어여쁜 눈망울에 눈물 맺히면
꼬옥 안아주고 싶은 그대 가슴

보석처럼 빛나는 그대
당신 향한 사랑 노래 불려지면
반짝이는 불빛으로 진주가 되리

저 하늘나라에 있을 님께

보고 싶어도
보지 못하는 사람이 있습니다

만나고 싶어도
만나지 못하는 사람이 있습니다

누구나 한번은
가야 할 길을 떠난 사람이 있습니다

그러나 너무 빨리 이 세상을 떠난 사람 때문에
괴로워 눈물 흘리며
하루하루를 보내는 사람도 있습니다

한치 앞도 모르는 인생살인데
어찌하여 그대만 떠나가셨는지요

그대 떠나가던 날
하늘 저 멀리까지 전해지던
내 서러운 울음소리 들으셨는지요

그대 떠나가던 날
왜 그렇게 서럽던지
지금 생각하면 부질없는 일이라는 생각에
가슴만 허전합니다

인생과 죽음 그리고 눈물은
피할 수 없는
하나의 운명의 장난인가 봅니다

보고 싶은 사람

눈물겹도록 보고 싶은 사람이 있습니다
사랑으로 시작한 만남의 결실을
사랑으로 완성하여
사랑의 협주곡 들려주고 싶은 사람이 있습니다

밤이 오는 길목에 그림자 벗을 삼아
내 사랑 모든 것을 바쳐
하나의 사랑을 만들고 싶은 사람이 있습니다

그대를 향한 그리움이 사랑으로 완성되던 날
그대 곁에 다가서렵니다

새벽 안개 속으로

새벽 이슬 맞고 걸어가는 여인의 슬픔
새벽 안개 속으로 은빛 머리 적시며
걸어가는 여인의 눈물

풀잎에 맺힌 이슬방울 떨어지면
여인의 고운 눈가에 눈물 맺히네

외로움 삭이며 쓸쓸히 걸어가는
가련한 여인의 슬픔
새벽 안개 속으로 젖어드네

그대 곁에 다가서겠습니다

가벼운 마음으로 그대 곁에 다가서겠습니다
버릴 것은 버리고 남는 것은 챙겨 가지고
그대 곁에 다가서겠습니다

밤이 지나 아침 이슬 내릴 때면
그대 가슴에 달아 드릴
하얀 장미꽃 한송이 지니고 가겠습니다

아침에 피어 저녁에 지는 나팔꽃이라도
그대가 행복해 한다면 꺾어가지고
그대 곁에 가겠습니다

반복되는 일상생활
끊임없이 이어지는 생명의 자리에
아름다운 무지갯빛 내릴 때
그리움으로 다가서겠습니다

언제나 따뜻한 자리에 피어오르는
향긋한 꽃향기 되어
그대 곁에 다가서겠습니다

밤이 깊어갑니다

밤이 깊어갑니다
외로운 적막감이 감도는 밤
오늘따라 더욱 쓸쓸하게 느껴집니다

밤하늘에 떠 있는 별들도
제 짝을 찾아 보금자리에
둥지를 치는데

나의 외로움은 혼자라는 사실 때문에
너무도 서글퍼집니다

서글픈 밤을 홀로 보내야 하는 마음이
잠시 그대 곁에 떠나 있어야 한다는 것이
이 밤을 더욱더 길게 만듭니다

그리운 사람

여기에
그리운 사람 있습니다
만나면 허전하고 헤어지면 아쉬운
그리운 사람 있습니다

그리운 사람 앞에 서면
늘 가슴 조이며
사랑한단 고백 못하고
돌아서 버린
못난 바보가 있습니다

이 못난 바보가 있기에
아쉬운 이별이 있고
아쉬운 이별이 있기에
뜨거운 만남이 있습니다

여기에
그리운 사람 있습니다

진정으로 그리운 사람은
서로의 눈빛만 봐도
서로를 느낄 수 있고
멀리 떨어져 있어도
가슴으로 통할 수 있습니다

그리운 사람을 위해 서로 손잡고
사랑의 찬가 부르며 얼싸안고
둥실둥실 걸어가겠습니다

내 마음 깊은 곳에 흐르는
사랑의 물줄기 따라
둥실둥실 나의 님 찾아갑니다

님 그림자

님 그림자
살짝 훔쳐보며 돌아서가네

뭉개구름에 숨어 버린 님 그림자
쓸쓸하기만 하네

햇빛에 비친 하얀 모습
발길 따라 사랑 쫓아가네

해지는 저녁 노을 님 그림자
지워지지 않는 님의 모습

소리없는 이슬비

이슬비가 소리없이 내리네
푸른 나뭇가지는 하늘을 받들고
지난날의 흔적은 바람에 흐트러지고
산 그림자는 구름 뒤로 물러가네

유유한 정각은
장백폭포를 내리누르는 것 같네

소리없이 내리는 이슬비에
강물이 넘쳐 내 영혼을 깨우네

비와 수채화

달빛 쏟아지는 창 밖의 풍경은
한폭의 수채화

비오는 날이면 더욱 아름다워지는
한폭의 수채화

비갠 오후 하늘에 그려지는 무지개
따사로운 햇살 내리쬐는 수채화

문득 그대가 그리워질 때
한폭의 수채화에 내 사랑을 그리겠네

꽃향기

봄바람에 향기로움 실려 오고
꽃바람에 꽃망울 젖어오네

바람에 흔들려도 꺾이어도
꽃향기는 가슴으로 전해오네

님을 향한 마음
꽃향기로 물들며
사랑은 영원하리

이름 없는 꽃이 되겠습니다

산과 들에 핀 이름 없는 꽃이 되겠습니다
향기 없는 꽃이 되겠습니다
단 하루를 피더라도 남에게 아름다움을
줄 수 있는 이름 없는 꽃이 되겠습니다

거친 비바람에도 굴하지 않는 강인함으로
자라나는 이름 없는 꽃이 되겠습니다
향기 없는 꽃일지라도 인간의 삶에
활력을 불어넣는 이름 없는 꽃이 되겠습니다

산과 들에 핀 보잘것 없는 잡초일지라도
산과 들에 핀 꽃과 조화를 이루며
살아가겠습니다
사람들이 짓밟고 간 잡초일지라도
자연의 조화로움 앞에 경관을 자아내겠습니다

이름 없는 꽃이여
이름 없는 꽃이여
사람들이 사는 세상에 아름다움을 풍기며 사는
이름 없는 꽃이 되겠습니다

봄의 아침

추위 때문에 얼었던 마음이 새롭게 태어납니다
겨울에 꽁꽁 얼어붙었던 가슴이 사르르 녹습니다
새 봄에는 믿음의 씨앗을 뿌리겠습니다
차갑던 마음을 사랑의 씨앗으로 녹이겠습니다

봄에는 믿음의 씨 사랑의 씨 희망의 씨를
삶의 운명의 가시밭에 뿌리겠습니다
믿음 소망 사랑의 씨 가슴 속 깊이 묻어
새롭게 싹을 피우겠습니다

침묵으로 얼룩졌던 가슴이
봄 향기에 새롭게 피어납니다
봄 아침에는 애절한 마음으로
새싹을 파릇파릇 일구어 나아가겠습니다

봄 햇살에 비치는
환한 모습으로 피어나겠습니다
새로운 마음으로 밝은 모습으로 더욱 새롭게
봄의 아침에 피어오르겠습니다

봄비

빗속을 거닐면서 사랑에 지친
내 슬픈 눈동자에
그리움이 빗물 되어 흘러내리네

추적추적 내리는 빗길 따라
가버린 사랑의 추억 쫓아
한없이 거닐어보네

나홀로 거니는 연둣빛 쉘부르 우산 속에
행여 떠난 님 돌아올까 하여
봄비 속을 정처없이 거닐어 보네

찻잔의 향기

찻잔의 향기 속에 추억을 담아
여기 찾아왔네

주는 정 받는 정 인정의
찻잔 속에 사랑 담으면
사랑 담긴 찻잔에
연초록빛 향기 솟아나네

찻잔과 찻잔 사이에
피어오르는 사랑의 향기
찻잔 속에 스며들어
인생을 논하네

그대와 나의 사랑
은은한 향기 속에 피어나네

만남, 사랑 그리고 이별

하늘 아래 남과 여
모래사장 위에서 만났습니다

청춘을 불사르는 열정과
훨훨 타오르는 순정으로
사랑의 약속을 맺었습니다

보잘것 없는 작은 사랑으로 시작한
우리의 마음 우주 공간과도 같은
넓은 무한궤도를 돌면서
서로 하나가 되었습니다

서로의 사랑이 깊어가면서
사랑을 알고 행복을 느끼면서
행복의 보금자리 만들어갔습니다

어느 날 사랑했던 그대가 떠나갔습니다
만남, 사랑 그리고 이별을 남기고
영원히 떠나간 그대가 그리워
나는 지금 눈물을 흘립니다

제3부

●

가슴 저린 이별의 노래

내 하나의 사랑은 가고

오늘 하루
그대와 나 사이에 못다한 사랑 이야기
삶의 한 귀퉁이에 앉아
내 하나의 사랑 노래 부르고 있습니다

나눠도 나눠도 아쉬운 사랑
채워도 채워도 부족한 사랑
조금씩 조금씩 다가오는 사랑의 느낌
하얀 빛으로 채워갑니다

담아도 담아도 채워지지 않는
사랑의 자루에
오늘 못다한 사랑 이야기 띄워 보냅니다

눈물로 적은 시

창밖에 보슬보슬 비 내리는 날이면
떠난 그대에게 눈물로 시를 씁니다
슬픈 사연 안고 가는 무지갯빛 사연

내 마음 내 영혼에 상처만 남긴 채
떠난 그대가 원망스러워 눈물로
시를 씁니다

사연이 듬뿍 담긴 사모의 시
비오는 날이면 더욱더 서러워
잠못 이루는 밤 그대에게
눈물로 시를 씁니다

구름처럼 왔다 이슬처럼 사라져 버린
물방울 서러워 뚝뚝 떨어집니다
눈물의 시 슬픈 사모의 시
그대에게 바칩니다

떠나가련다

세월이 흐르는 것처럼 떠나가련다
나홀로 훨훨 바람같이 떠나가련다

너와 나의 사랑도, 추억도, 그리움도
흐르는 강물에 돛을 달고 노를 저어
지난 사랑 속에 경적을 울리며 떠나가련다

지난날 추억속에 사랑과 그리움을 품고
한줄기 시간되어 떠나가련다

뒷모습

뒷모습은
언제나 단조롭습니다
단조로운 것은
하나의 풍경입니다

뒷모습은
매우 젊은 것입니다
젊은 것은 하나의 맑음입니다

뒷모습은
언제나 여운을 남깁니다
여운은 하나의 매력입니다

뒷모습은
언제나 고독한 것입니다
고독은 사람들로 하여금
더욱 기억에 생생하게 남는 것입니다

추억

이제는 잊고자 합니다
말없이 떠나간 사람
여인의 슬픔을

사랑하는 여인을 떠나보낸 날
하늘에 뒤덮인 검은 구름은
나에게 온통 눈물이었습니다

이제는 잊고자 합니다

사랑하는 연인과 지나온 세월이
내게서 잊혀진다는 것은
나 자신의 뒷모습을 보는 것과 같습니다

이제는 잊고자 합니다
사랑하는 여인에 대한 그리움
아름다운 추억으로 간직하며
잊고자 합니다

사랑의 오해

당신을 향한
29년 외길 인생 걸어왔는데
당신이 나를 믿지 못하고
떠나가시니 그 무엇으로 그대에게
변명 아닌 변명으로 전하리요

변명이라 하면 변명이요
오해라면 오해인 그대에게
이렇게나마 구차한 변명으로 늘어놓으니
내 모습이 부끄럽고 초라하기만 합니다

당신만을 향해
내 모든 인생길 걸어가려고 했는데
서로의 오해를 풀지 못하고
각자의 길 가려 하니
가슴 아플 뿐입니다

이대로 헤어져 돌아서 가면
그만인 것을 차마 이대로
헤어져 갈 수가 없습니다

왜냐하면 그대와 나 사이에
영원한 오해로 남기 때문입니다

우리 헤어질 때 헤어지더라도
서로의 오해는 풀고 헤어집시다
각자에게 하고 싶은 말
속시원하게 하고 헤어집시다

아무리 내가 그대에게
몹쓸 장난했더라도
이해해 주지 못하시고 원망만 하시니
어찌 내가 평안한 마음으로 갈 수 있겠습니까

당신에게 비친 내 모습은
항상 웃는 모습으로 남기를 바랐는데
그대 그냥 떠나가시니
내 마음 너무나 괴롭고
그대가 원망스러울 뿐입니다.

어찌하여 이토록
그대와 나 사이에
자꾸만 빗나간 일들이 일어납니까
하늘이 원망스러울 뿐입니다

이대로 헤어져 가더라도
어디엔가 있을 그대 생각하면서 살아가겠습니다

어차피 가야 한다면

별들이 피고지는 밤이 지나
새벽에 가야 한다면
정 주지 말고 떠나세요

붙잡아도 붙잡아도
무정하게 뿌리치고 떠나간
그대 모습 생각하니
한없는 슬픔이 밀려옵니다

이 밤이 지나
어차피 떠나야 한다면
둥근 달 피고질 때 그대 모습 그림자
비치지 않거든 소리없이 떠나가세요

떠나가실 때
그대 옷깃이 바람에 휘날리거든
슬픈 기억 뒤로한 채 돌아와
바람에 잔잔해질 때까지
우리 서로의 사랑을 속삭여요

맺지 못할 인연이라면

맺지 못할 인연이라면
조금만 사랑합시다

흐르는 시간 속에 깊어가는 사랑일수록
사랑 뒤에 찾아드는 이별은
더욱 참기 힘든 고통으로 남기에
맺지 못할 인연이라면
깊이 사귀지 말고 헤어집시다

헤어지면 타인일 수밖에 없는 사람에게
깊은 정 주지 말고
가벼운 마음으로 사랑하며 헤어집시다

헤어짐의 갈림길에 서도 슬픈 표정 짓지 말며
떠나는 사람을 위해 행복을 빌어줍시다
먼 후일 웃는 모습으로 이별의 자리에
꽃을 피울 수 있는 사랑의 씨앗으로 만납시다

이별

당신을 배웅할 때
깊은 가을이었습니다
나의 마음은 마치 가을 나뭇잎처럼
온 땅에 흩날려도
어찌할 도리가 없었습니다

다만 적막감만 나뭇가지에 걸려 있어
당신의 그림자는 잎이며
나의 눈빛은 강물이었습니다

몇 번이고
당신을 만류하고 싶었지만
끝내 붙잡지는 못했습니다

이 세상에 얻기 어려운 것은 우정이고
고귀한 것은 자유이기 때문입니다

헤어질 줄 알면서

그대와 헤어질 줄 알면서도
무작정 그대를 좋아했습니다

이별하기에 눈물을 흘릴 줄
알면서도 그대 곁에 다가섰습니다
그대의 사랑 부끄러운 장난일 줄
알면서도 무작정 그대가 좋아졌습니다

그대에게서 풍기는 아름다움
내게 전해져 그대 마음의
문을 두드리게 되었습니다

가슴 벅찬 행복을 느끼면서도
그대와 나의 행복한 시간이
언제까지 계속되리라고는 생각지 않습니다

그러나 이렇게 빨리 헤어질 줄 몰랐습니다
그대와 헤어질 줄 뻔히 알면서도
그대 손길 뿌리치지 못해
눈물 흘려야 했던 순간
지금도 걷잡을 수 없는 심정입니다

못다한 사랑

말없이 떠난
당신의 모습이 그리워
한없이 흐느껴 울어야 했던 심정
나룻배에 실어 보냅니다

당신은 언제나 내곁에 있어 줄 거라
생각했는데 소리없이 떠나시니
빈 가슴에 바람이 붑니다
그래도 나는
당신을 원망하지 않겠습니다

당신이 마지막으로 떠나시던 그날 밤
하늘에 떠 있는 수많은 별들도
흐느껴 우는 것 같았습니다

소리없이 떠나신 당신이기에
언젠가 꼭 돌아올 것 같은 느낌 때문에
수없이 밤길을 서성이다
돌아서야 했던 걸 당신은 아시는지요

오지 않을 당신을
그래도 기다리며 흘린 내 눈물이
꽃으로 피어날 수 있다면
당신을 향해 고이 보내드리겠습니다

떠난 당신을 잊기까지
괴로움과 고통이 따를지라도
다음에 내게 올 사랑을 위해
잊고자 노력은 하겠습니다

가슴 아픈 이별

꽃 피면 날아드는 나비여
사랑을 두고 떠나가야 하는
가슴 아픈 이별을 아느냐
돌아서서 눈물 흘려야 했던
가슴 아픈 이별을……

바람이 불면 바람부는 대로
떠나가면 떠나가는 대로
어디론가 가야했던 마음을

사랑의 말 한마디 전하지 못하고
돌아서야 했던
가슴 아픈 이별을……

그대가 가라 하시면

그대가 가라 하시면 가야겠지요
못내 아쉬워하며 가야겠지요

그대가 가라 하시면 가야겠지요
뒤돌아 보지 말고 가야겠지요

그대가 가라 하시면 가야겠지요
그대 곁에 남아 있는 것도
힘에 겨워 괴로웠는데
가라 하시니 무정하게 가야겠지요

그대가 있어 달라 해도
가야겠는데 그대가 가라 하시니
속절없이 가겠습니다

가다가 그대 모습 떠오르면
한번쯤 뒤돌아보며 가겠습니다

가야 할 곳은 어딘가

아지랑이 아롱아롱 피는 봄이면
내 인생 어디로 가야 하는가

내가 가야 할 곳은 어디고
내가 있어야 할 곳은 또 어딘가
채워도 채워도 채워지지 않는
나의 빈자리를 무엇으로 채워야 하는가

그리운 세상을 향해
내가 머물 곳은 어디고
내가 안길 곳은 어딘가

구름이 지나 바람이 불면
내 인생 어디로 가야 하는가

이별 연습

이별하며 삽시다
한 번 뿐인 인생
한 사람만 사랑하며
헤어지는 것보다
여러 사람 사랑하며 헤어집시다

만남이 있으면
헤어짐이 있다는 사실
잊지 말며 삽시다

사랑하는 사람과 사랑하며
미워하는 사람과 이별하며
서로 주고받는 가슴 아픈 추억

아름다운 이별을 위해
정 주지 말고 삽시다

가고 싶어라

타는 목마름으로
그대에게 가고 싶어라

순수한 영혼으로
그대 가슴에 안기고 싶어라

그대의 촛불
타오르는 불꽃의 영혼으로
어두운 세상 밝은 빛으로 비추며
그대에게 가고 싶어라

촛농처럼 뚝뚝 떨어지는
사랑의 열정을 품고
그대에게 가고 싶어라

별이 되고 싶어요

외로운 밤을 밝히는 별이 되고 싶어요
언제나 당신 앞길 환히 밝혀 줄
반짝이는 별이 되고 싶어요

하늘 가득 떠 있는 별을 보며
잃어버린 나를 찾아
삭막한 도시를 떠나고 싶어요

하늘을 나는 작은 새에 몸을 싣고
자유롭고 찬란한 빛이 되어
별이 머무는 곳으로 가고 싶어요

바람이고 싶어라

바람이고 싶어라
늦가을에 부는 바람이고 싶어라

노을빛 속에 피어오르는
물안개 꽃이고 싶어라

그대를 향한 그리움
석양빛에 비치는 사랑이고 싶어라

가슴 속에 피어오르는
그리운 바람이고 싶어라

사랑과 이별 그리고 인생

꽃 피면 만나야지
사랑하는 사람을 위해

바람이 불면 떠나가야지
예정된 이별을 위해

사랑과 이별을 위해 흘리는 것이
눈물이라면 사랑하며 눈물 흘리리

무에서 유를 창조하는 것이
인생이라면 창조하는 삶을 살아가리

사랑으로 시작하여
눈물로 끝나는 것이 인생이라면
노을빛 그리움으로 사랑하며
향기 없는 이별의 꽃 피우리

빈 마음으로 시작하겠습니다

지난날의 얼룩진 상처 묻어 버리고
맑고 깨끗한 믿음으로 시작하겠습니다

신 앞에 지난날의 내 잘못을 고백하고
겸허한 마음으로 받아들이며
작은 일부터 사랑으로 시작하겠습니다

이 세상에 살아 숨쉬는 모든 것을 사랑하며
감사의 마음으로 시작하겠습니다

겸손과 진리, 사랑과 믿음, 미움과 저주,
슬픔과 눈물, 교만과 허영 겸허히 받아들이며
빈 마음으로 시작하겠습니다

남보다 먼저 사랑하고
남보다 먼저 베풀며
남보다 먼저 지혜의 눈 가질 수 있도록 도와주소서

제4부

●

푸른 삶을 위한 노래

인생

한 사람과 헤어지는 것은
또 다른 인연과의 만남이자 시작이요

정다운 사람을 만나면 즐겁고
헤어지면 아쉬운 것이 인생이라오

묵묵히 앞만 보고 걸어가야 하는 길
오늘이 가고 내일이 오면
또 어디론가 가야 하는 것,
인생.

봄꽃 연가 1

꽃내음 진동하는 사랑의 자리에
보고픈 그대 모습 가득 담아둡니다

향긋한 봄꽃 내음 싱그러운 바람에 실려 오면
그대와 사랑 나누던 자리에
어김없이 꽃이 피어납니다

그리움의 자리에 핀 하얀 민들레꽃
내 사랑 함께 담아 그대에게 전합니다

내 사랑의 자리에는 오늘도
새로운 꽃이 피어납니다
그리움이라는 새로운 꽃이

봄꽃 연가 2

해마다 봄이면 찾아오는 꽃이기에
더욱더 사랑하게 됩니다

샛노란 개나리꽃
불긋한 진달래꽃
봄 햇살 머금고 우리 곁에 다가옵니다

파릇파릇 피어난 봄꽃에
우리 사랑 노을 되어 봄소식 전합니다

따사로운 봄 햇살에 피어나는
핑크빛 사랑 봄나비되어 날아옵니다

볼펜 한 자루의 비밀

쓰다 쓰다 목메여 답답한 가슴
하얀 백지 위에 놓아 버린
볼펜 한 자루 있습니다

오늘도 그대와 함께 했던
행복한 순간 잊지 못해
볼펜 한 자루 들어 계속 이어갑니다

그대와 함께 했던 순간이 지나
헤어져야 할 순간이 오더라도
저린 가슴 감춰두고
다정히 웃으며 보내드리겠습니다

볼펜 한 자루 손에 들고
백지 위에 하고 싶은 말 다 적고 싶지만
혹시나 나의 비밀 그대가 알까 두려워
조금씩 조금씩 써내려 갑니다

내 혼자만의 비밀
백지 위에 적어 그대에게 전하겠습니다

세월

소리없이 흘러갑니다
구름과 같이 바람과 같이
들판에 핀 꽃도 세월의 흘러감에 따라
피고 지는 생명의 연속입니다

무한한 세월 속에 변하는 사람들의 삶도
사계절에 인생을 싣고 떠나가지만
세월은 언제나 제자리에 맴돌다 갑니다

세월이 흘러감에
변하고 자라나고 새로워지는 것이 있다면
자연과 인간입니다

세월이 흘러감에
그리움이 있다면 가버린 추억일뿐

낙엽처럼 가는 것도 세월이지만
물처럼 바람처럼 구름처럼 남는 것도 세월입니다

우연한 여행

쓸쓸한 마음 삼등 완행 열차에
몸을 싣고 어디론가 떠나갑니다
종착점 없이 돌아올 기약없이 떠납니다
쓸쓸한 마음 달래 줄 그 무엇을 찾으러
어디론가 떠나갑니다

세상 만사 모든 것 잊어버리고
방황자 되어 떠나갑니다
고독한 마음을 달래줄 님 찾아갑니다

외로울 때 고독할 때
울고 싶은 마음 달래 줄 님 찾아갑니다

인연

누군가를 만나고 싶습니다
어디엔가 있을 내 하얀 면사포
씌울 사람 만나고 싶습니다

스쳐 지나는 바람 속에
인연이 닿으면 사랑하며 살고 싶습니다
옷깃이 여미는 인연
주어진 운명 앞에 만나야 할 숙명 앞에
기도하며 좋은 결실 맺고 싶습니다

인연과 인연이 합쳐져
사랑이라는 운명 앞에 고개 숙이며
그대와 함께 사랑 행복 믿음 만들어 가겠습니다

보잘것 없는 인연일지라도
마음 속에 소중하게 담아
작은 사랑 꽃 피우며
좋은 인연 엮어가겠습니다.

지나가는 길

어차피 가야 할 길이거든
흔적없이 지나가세

소리없이 흘러가는 세월의 무상 앞에
눈물 흘리지 말고
새벽에 피는 이슬처럼
물방울 되어 스러지세

아지랑이 피어오르는 봄 햇살 맞으며
사랑하는 그대와 함께
꽃향기 피우며 소리 없이 지나가세

어차피 가야 할 길이거든
그대 음성 내 소리 합쳐
사랑 노래 부르며 지나가세

바람이 불어옵니다

흐르는 강물에서, 떨어지는 낙엽에서
10월이 오는 계절 한가운데서
사랑하는 이의 가슴에서 느껴지는
따뜻하고 향기로운 바람이 불어옵니다

노오란 단풍잎으로 물든 아름다운 계절에
가슴 부푼 그리움을 가지고 옵니다

하나 둘씩 떠나가는 계절에
유독 그대만이 풍요로운 기쁨을 가지고
나의 곁에 찾아옵니다

작은 가슴에서 엮어지던 사랑의 의미를
찾게 해준 그 여인이 다가옵니다
따뜻하고 향기로운 바람으로 다가옵니다

겨울 연가

하얀 겨울
바람 타고 흰눈 내리면
갈매기 날아드는 바다로 가고 싶어라
추억이 뒹구는 바다로

하얀 눈 펑펑 내리면
추억이 뒹구는 바다로 가고 싶어라
펑펑 내리는 눈 맞으며
옛 추억의 백사장 거닐고 싶어라

사르르 눈처럼 사라져 버린
옛 사랑의 추억 찾아
겨울 바다로 떠나고 싶어라

겨울 나그네

겨울 바다 출렁이는 파도에
그대와 나만의 사랑 종이배에 담아 띄워 보냅니다

거센 파도, 해일 헤치며
수평선 너머 멀리멀리까지
우리들 사랑 전해 달라고 용왕님께 빕니다

겨울 바다 바람에 실려 오는 우리들의 사랑
진정 그대만을 사랑하며 살겠노라 고백하며
정다운 입맞춤 나누고 싶습니다

파도처럼 해일처럼 우리들 사랑에
시련이 닥쳐와도 언제나 서로에게
든든한 힘이 되어주기를 소망합니다

돌아가야 합니다

꽃잎이 지면
돌아가야 합니다

사랑하는 사람의 가슴에
향기 없는 꽃을 드리기 전에
돌아가야 합니다

사랑했던 마음도
함께 했던 그리움도
아낌없이 나누었던 사랑도
어둠의 빛으로 다가오기 전에
돌아가야 합니다

아름다운 추억을 위해
당신을 향한 우리 사랑을 위해
따스한 입맞춤으로
돌아가야 합니다

산 마음

산이 좋아
이 마음 다시 여기 왔노라

정답던 산사람 발길 따라
바람 질러 따라왔노라
옛 향취의 향수에 젖어
이 마음 다시 여기 왔노라

산아 산아 너는 이 마음 아느냐
몹시도 그립던 이 마음을

구름다리 타고 구름 잡으러
정상에 왔노라
저 푸른 하늘 아래
이처럼 맑고 깨끗한 산이 어디 있으랴

길

보잘것 없는 한 사람이
길 위에 서 있습니다

사람들이 살아가는 이 세상엔
걸어가야 할 길은 참 많은데
내가 걸어가야 할 길이 없어
서성이다 지쳐 길 위에 주저앉아
이 세상을 한탄합니다

하늘에 떠 있는 구름아 구름아
내가 걸어야 할 길은 어느 길인지
가르쳐 주려므나

또 내 곁을 스치는 사람아
날좀 일으켜 내가 찾아가야 할 길
안내 좀 해주렴

나그네 인생

스산한 바람 속에
철따라 이리저리 떠도는 나그네 길

슬프면 슬픈 채로 기쁘면 기쁜 채로
희노애락 머금고
기약할 수 없는 길 떠나는 나그네 인생

오늘은 이 길 내일은 저 길 향해
사람 발길 닿는 곳이면
보이지 않는 길이라도 찾아가리

언제고 떠날 수 있는 시간이 되면
뒤돌아볼 여유없이 넓은 세상을 향해
품바타령 읊으며 떠나가리

고향가는 길

완행 버스에 몸을 싣고
굽이굽이 고개 넘어
그리운 고향 향해 갑니다

가다보면 님의 고향
부모 생각에 가슴 설레며
고향 향해 달려갑니다

창밖에 보이는 고향 정취 느끼며
아득한 옛 추억 떠올립니다
어릴적 소꿉장난하던 친구들 모습
향수에 젖어 고향 향해 내려갑니다

고향길 산등 마루 올라서면
어릴적 물장구치며 뛰어 놀던
추억의 고향이
두 눈에 가득하니 들어섭니다

두근두근 뛰는 가슴으로
마음 속 콧노래 부르며
잰걸음으로 달려갑니다

포장마차

친구야 술 한잔하세
고달픈 인생 한잔의 소주잔에 담아
슬픈 노래 부르며 언덕 넘어 가세

모든 일 잊어버리고 한잔하세
오늘보다 내일이라는 희망이 우리 곁에 있기에
눈물을 머금고 술이나 한잔하세

친구야 술 한잔하세
만나서 세상 돌아가는
이야기나 하면서 한잔하세

골목길 돌고 돌아
포장마차 찾아가세

주는 정 받는 정 나누는 술잔 속에
웃음 담아 한잔하세

이런 친구가 되게 하소서

이런 친구가 되게 하소서
하나 아닌 둘이 되게 하소서
둘보다 넷이 되게 하소서
하나라는 외로움보다
함께 하는 기쁨이 되게 하소서

이런 친구가 되게 하소서
벗이 고통받을 때 가시밭길 헤쳐나갈 수 있는
버팀돌이 되게 하소서

벗이 마음에 상처를 입었을 땐
내 몸처럼 아파하며, 사랑하며
벗을 위해 살아갈 수 있게 하소서

이런 친구가 되게 하소서
한잔의 술도 나눠 마시며
배고픈 친구를 위해 먹다 자신이 먹을
빵이라도 남겨 놓을 수 있는 친구이게 하소서

이런 친구가 되게 하소서
벗과 벗을 나누면 사랑이게 하소서
사랑과 사랑을 나누면 행복이게 하소서
벗과 사랑을 나누면 같이 하는 운명이게 하소서

사랑과 행복과 운명을 합치면
영원한 벗이 되게 하소서
벗을 위해 내 한목숨 바칠 수 있는
벗이 되게 하소서
선 앞에 고개 숙이고 불의 앞에 참지 못하는
정의로운 벗이 되게 하소서

남자

여자의 몸으로부터 태어나 여자를 위해 사는 것은
남자의 수치감이 아닙니다

남자는 토양처럼 부드러운 감이 없습니다
또한 여자로 하여금 찬란한 꽃으로
피게 할 수도 없습니다
다만 하늘과 같이 넓은 마음으로
여자를 새들처럼 자유롭게 날게 하는 것입니다

오직 위선자만이
꽃과 같은 여자의 갈망을 부인하며
오직 무능한 자만이
구름과 같은 여자의 개척을 회피하며
오직 비열하고 개인적인 소인만이
꽃과 새들처럼 아름다운 여인을
마음대로 시들게 하고
어디론가 떠나보내려 합니다

人字의 人한쪽 변은
이미 누군가의 운명을 점찍어 놓았습니다
남자가 떠받들고 있는 것은
바로 여자의 세계입니다

고독과 적막이라는 것은
여자의 순정을 잃지 않는 것입니다

남자는 여자의 신임을 얻지 못하면
이것 또한(이것은) 남자의 悲愛입니다.

가장 진지한 사랑으로 여자를 사랑하는 것이
진정한 남자임을 알고 있기 때문입니다
*이 시는 중국인 친구의 시를 번역한 것입니다.

열린 마음으로 오십시오

가진 것 없는 이 열린 마음으로 오십시오
아무것도 가져올 것 없고
아무것도 지니고 갈 것 없는
홀가분한 마음으로 오십시오

늘 새로운 삶을 개척하는 마음으로 사는 이
변함없는 사랑을 나누며 사는 이
작은 사랑을 큰사랑으로 품을 줄 아는 이
열린 마음으로 오십시오

있어야 할 자리에 있게 하시고
걸어가야 할 자리에 채워 주는
지혜의 소중함을 지니고 오십시오

그대 없는 자리에 그리움만 자라고

지은이 · 이상우
펴낸이 · 최순철

초판1쇄 인쇄일 · 1996년 9월 5일
초판1쇄 발행일 · 1996년 9월 10일

펴낸곳 · 도서출판 등불
서울시 마포구 구수동 68-2 대건빌딩 302호
전화 715-8716 팩스 715-8717
출판등록 1994년 4월 19일(제10-969호)

값 3,000원
ISBN 89-8028-045-9 03810
잘못된 책은 바꾸어 드립니다.

어느날 문득
네가 그리워지면
그러면…어쩌지? 1

임우현 시집

풋사과처럼 싱그러운 젊은 날의 사랑이야기 !

무작정 슬퍼지면?
울어버리면 되지 뭐

한없이 기쁜 날에는?
그냥 웃어버리지 뭐

그런데
오늘 또 네가
무작정 그리워지면
그러면 어쩌지?

내가 그 아이를 사랑하고 있다는걸 어떻게 표현할지 모르겠어 이것이 사랑일 까?

어느날 문득
네가 그리워지면
그러면…어쩌지? 2

임우현 시집

군생활의 외로움과 그리움이
잔잔한 감동으로 다가온다 !
그리운 연인에게
그리운 친구에게
사랑을 선물하세요 !

나 너를 위해
시를 써
너만을 위한
시를 써

첫만남에서
오늘까지
그리고
아주 아주 먼 미래까지
널 그리며
시를 써

나 너를 위해

나 말없이 눈물 흘릴때

차기환 시집

잊혀지지 않는 사랑의 추억
가슴시린 사랑의 아픔

당신께 편지를 씁니다
보낼 수 없는 편지를 씁니다
제가 산이라 하면
당신 저 따라 산이라 했죠
제가 사랑이라 하면
당신 제 손 잡고 영원하자 했어요
제가 슬픈 눈을 하면
당신 어느 새 울고 있었어요
가만 가만 당신을 그립니다
눈이며 코며 입이며……
거울 앞에 제 모습은 당신을 닮아 가고
다시 한 번 잊혀질까 그려봅니다
눈이며 코며 입이며……
틈이 날 적마다 고운 입김 불어
제 안경을 닦아내곤
그것으로 세상을 보던 저였습니다
당신 등에 사랑해라고 써 주면
제 손에 나도라고 써 주었어요.

가슴으로 부르는 이름하나

김경구 시집

지울 수 없는 사랑의 이름 하나
가슴 가득 묻어두고
노래하네
이 밤 하얗게 지새우며 노래하네

당신을 만나기까지
잦은 만남과 이별의 반복으로
그 얼마나 힘겨움의 연속이었던가요
그러나 끝내
당신은 떠나고
나만 홀로 남았습니다
시간이 흐르고 흘러도
당신은 언제나 제 가슴 한켠에 남아 있습니다
당신 떠난 지금껏 생각해 보니
당신만큼 따스한 사람 없더이다
당신만큼 편안한 사람 없더이다
당신만큼
당신만큼 나를 울리는 사람 또한 없더이다

등 불 사 랑 그 리 기

다음 세상에 우리 연어가 되기로 해요

정재희 시집

가슴을 울리는 순결한 사랑의 언어 !

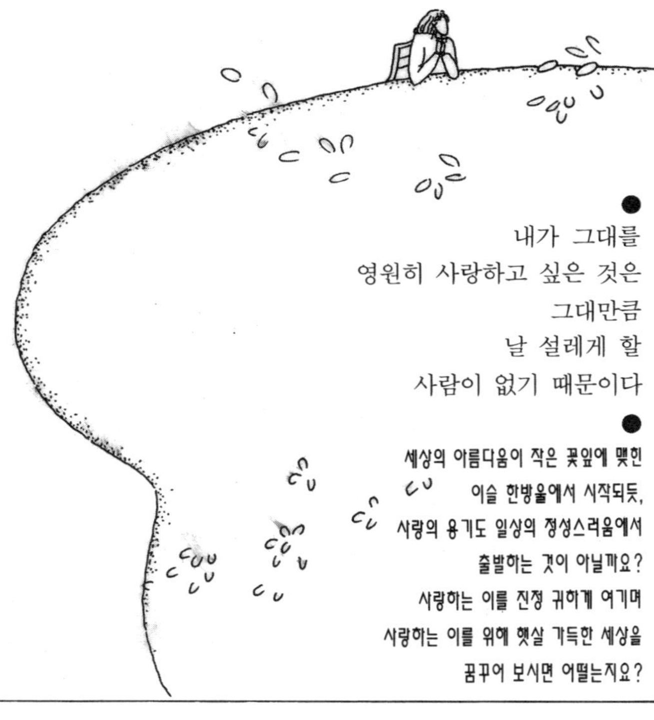

●

내가 그대를
영원히 사랑하고 싶은 것은
그대만큼
날 설레게 할
사람이 없기 때문이다

●

세상의 아름다움이 작은 꽃잎에 맺힌
이슬 한방울에서 시작되듯,
사랑의 용기도 일상의 정성스러움에서
출발하는 것이 아닐까요?
사랑하는 이를 진정 귀하게 여기며
사랑하는 이를 위해 햇살 가득한 세상을
꿈꾸어 보시면 어떨는지요?

사랑으로 우리 함께 하는 날이 온다면

김진수 시집

젊은 날의 사랑과 이별 그 향기가 느껴지는 책!

이 어둔 세상에 사랑의 빛이 되고 싶었던

한 어린 왕자의 얘기를 담은 한편의 드라마처럼 펼쳐질 이 시집을

여러분들과 함께 하고 싶습니다. 좋아했던 기억, 행복했던 기억, 사랑했던 기억,

즐거웠던 기억, 슬펐던 기억, 괴로웠던 기억들이 한 페이지 한 페이지를

넘길 때마다 여러분의 가슴속에 스며들었으면 하는 바람입니다

－ 작가의 말 중에서

어느날 문득 네가 그리워지면 그러면…어쩌지? 3

향기있는 추억보다는 나만의 사랑을 원해요

임우현 신작 시집

소박하고 진솔한 언어의 감동이 느껴지는 시!

**작은 사랑을 꿈꾸는
시인 임우현의 진지한 고백!**

난 천사가
되었으면 해

아무도 모르게
그대만의 꿈속에 나타나
우리만의 행복한 천사가 되었으면 해

힘들어도 고달퍼도
희망을 줄 수 있는
그런 천사가 되었으면 해

사랑하는 사람이 곁에 있다면
그 사람에게 한번 더 사랑한다고 말하세요

최애리 시집

사랑하게 될 연인이라면
처음 본 눈빛에서
이미 예정되는 운명

숨길 수도 없지만
숨긴다 해도 들켜 버릴
우연처럼 이어지는 만남

느끼는 사랑을 확인하려
맘에도 없는 타인을 안아 버리는
가슴에 이는 질투

진정 사랑하기에
떠날 수밖에 없는 이별

멀리 있기에 더욱 간절한 사랑

다시 보지 않으면 미칠 것 같은
사랑 앞에 달려가
무릎 꿇고 하는
영원한 사랑의 고백

다시는 당신을 떠나지 않겠어.

꿈이 많은 아이
그래서 잠을 자면
꿈만 꾸는 잠꾸러기

　　말이 많은 아이
　　그래서 잠만 자면
　　잠꼬대를 하는 아이

비밀이 많은 아이
그래서 술에 취해도
몸과 정신이 말짱한 아이

　　정말 엉뚱한 아이
　　그래서 사랑받는 아이
　　바로 나.

원고를 모집합니다

저희 등불 출판사에서는 귀하의 옥고를 책으로 만들어
드립니다. 가슴에 묻힌 아름다운 추억, 살면서 겪어야
했던 기막힌 사연, 자손에게 물려주고 싶은 인생경험담,
작가의 꿈을 이루기 위해 써두었던 문학작품 등을
출판해 드립니다.

문장에 자신이 없거나 용기가 없어 망설이는 분을 위해
저희 출판사 편집진이 항상 기다리고 있습니다.
언제든 연락바랍니다.

※ 원고는 반환하지 않음을 알려드립니다.

· ·

모집원고 : 시, 소설, 수필, 희곡, 일기, 편지, 자서전,
　　　　　　문집, 회갑기념집, 사진집, 동인지, 기타
　　　　　　직업에 관련된 수필집 등
모집일시 : 수시
보낼곳 : 서울시 마포구 구수동 68-2호 대건빌딩 302호
　　　　　등불 출판사 편집부
　　　　　(우:121-130, TEL:715-8716)